Felisa Tomé Ortega

La casa del faro

Ernst Klett Verlag
Stuttgart · Leipzig

1. Auflage 1 8 7 | 2026 25

Alle Drucke dieser Auflage sind unverändert und können im Unterricht nebeneinander verwendet werden. Die letzte Zahl bezeichnet das Jahr des Druckes.

Autorin: Felisa Tomé Ortega, Vigo

Redaktion: Elena Freire Gómez

Satz: Fotosatz Kaufmann
Illustrationen: jani lunablau, Barcelona
Druck: Plump Druck und Medien GmbH, Rheinbreitbach

Printed in Germany.
ISBN 978-3-12-538022-6

Índice

1 Coco

A Coco le gusta bastante su instituto. Coco está en 1º de Bachillerato y en dos años, cuando acabe, quiere trabajar como fotógrafa o cámara de cine. Le encanta hacer fotos, sobre todo de su gato y de sus mejores amigos, Jandro y Mario.

Como todo el mundo, Coco tiene algunos problemas. Se lleva bien con sus padres, pero a veces tienen opiniones diferentes. Por ejemplo, todos los días, Coco les dice a sus padres que necesita Internet para hacer sus deberes y, todos los días, sus padres le contestan que tanta tecnología es mala para los jóvenes. Creen que si los chicos están mucho tiempo con los ordenadores, luego no piensan. La verdad es que Coco quiere Internet porque es la única en la clase que no lo tiene. Y a nadie le gusta ser el más raro del instituto. Y Coco sabe bien lo que significa ser rara: tiene cinco hermanos, sus padres son unos hippies y ¡es pelirroja! Además, su familia no vive en el centro, porque así pueden tener un jardín con tomates y patatas. En su casa solo se toma comida vegetariana, pero a Coco le encantan las hamburguesas. Coco no es hippie, sino gótica. Siempre lleva ropa negra y tiene un piercing en la nariz y un tatuaje en el hombro.

Al principio, los padres de Coco estaban sorprendidos, pero ahora les parece bien. Dicen que los hijos tienen que ser rebeldes, que es lo normal. Pero la verdad, es difícil ser rebelde con padres así.

Coco lo pasa muy bien en el instituto, aunque las cosas tampoco son perfectas: es una buena estudiante y sus notas son siempre buenas, pero los profesores dicen que Coco habla mucho en las clases y que siempre se está riendo. Coco piensa que los profesores son muy injustos.

---

7 **llevase bien con alguien** mit jdm gut auskommen – 10 **los deberes** die Hausaufgaben – 13 **un ordenador** ein Computer – 15 **raro, -a** seltsam – 22 **un tatuaje** ein Tattoo – 22 **un hombro** eine Schulter – 30 **reírse** lachen – 31 **injusto, -a** ungerecht

Hoy, por ejemplo, estaban en clase de alemán y los alumnos tenían que presentarse y decir su edad:
—*My name is Oscar und ich habe 17 Jahre old*— dijo Óscar.
—¿Dos meses de curso— contestó enfadada la profesora —y todavía no sabéis decir la edad que tenéis? ¡Nelson!
—*Mein Name ist Nelson und ich habe 16 …*
—¡No!—ahora la profe estaba muy, muy enfadada. Miró fijamente a Coco —¡Coco!
—*Mein Name ist Coco und ich bin 16 Jahre alt*— dijo ella muy segura.
—¡Exacto! No es tan difícil, ¿no? ¡No quiero volver a oír «Ich habe 16 Jahre alt»! ¡Aunque sea lo único que consiga hacer entrar en vuestras cabezas! ¡Miguel!
—*Mein Name ist Miguel und ich bin …*
Y así siguieron los 50 minutos de clase, diciendo una y otra vez «ich bin». Al final de la clase la profe miró al chico de la última fila, que era nuevo en el instituto. En ese momento, él estaba mirando el mar por la ventana.
—¡Hugo!
—¿Perdón?— dijo Hugo.
—Di tu nombre y tu edad en alemán— dijo la profe.
—*Mein Name ist Hugo und ich habe 17 Jahre alt.*
Sí, a veces Coco lo pasa muy bien en clase y se ríe mucho, y los profesores se enfadan y son injustos. Hoy, como castigo, Coco tuvo que pasar todo el recreo en la biblioteca.

---

7 **mirar fijamente** anstarren – 10 **seguro, -a** sicher – 11 **oír** hören – 12 **hacer entrar en la cabeza** in den Kopf reinkriegen – 17 **una fila** eine Reihe – 24 **un castigo** eine Strafe

2 Hugo

Hugo, el chico nuevo que se sienta en la última fila, llegó a su casa a las dos y media de la tarde para comer.

—¡Holaaaa!— gritó, pero no contestó nadie. Entró en la cocina y vio una nota en la puerta del frigorífico.

Huguito:
Jaime y yo hemos ido con los gemelos al partido de fútbol. Te he dejado unas coles de Bruselas con queso en el horno. No olvides hacer los deberes. Un beso
Mamá

A Hugo no le gustaban las coles de Bruselas, ni Jaime, ni los gemelos, ni el nombre de Huguito. Pensaba cambiar su nombre a los dieciocho años. También pensaba buscar trabajo en algún barco e irse a otro país y no ver más ni a Jaime ni a los gemelos. Faltaba todo un año para ese momento, pero no tendría que esperar tanto tiempo para no ver más aquellas coles. Iba a tirarlas a la basura, pero, después de pensar un momento, decidió salir al jardín. Allí había sitios mejores para dejarlas. Después preparó una pizza del congelador y fue a su habitación para comerla y hacer sus deberes. Pero antes de empezar con los deberes, Hugo estuvo escuchando música sobre su cama. Luego jugó con la consola. Después entró en Internet para hacer un trabajo de Historia. Mientras buscaba información, se acordó de que tenía problemas con su nuevo software y buscó un foro sobre el tema. Después encontró una página de música muy interesante y estuvo una hora mirándola. Después necesitaba descansar, así que leyó un manga y después, harto de estar en su habitación, salió a pasear, sin haber hecho los deberes.

---

8 **las coles de Bruselas** der Rosenkohl – 8 **el horno** der Backofen –15 **Faltaba todo un año para…** Es war noch ein ganzes Jahr bis zu … – 17 **tirar** (weg)werfen – 18 **un sitio** ein Ort – 19 **un congelador** ein Gefrierfach – 28 **harto, -a** satt (überdrüssig)

Hugo no tenía amigos ni muchos sitios a los que poder ir, así que, como siempre, fue a la casa que había cerca del faro. Era una casa antigua y hacía mucho tiempo que nadie vivía en ella. Para entrar allí, Hugo subía a un árbol y entraba por una ventana del primer piso. La primera vez entró para hacer algunas fotos y ponerlas en su blog, pero pronto empezó a encontrarse bien en aquel lugar. Le gustaba mucho pasar el tiempo en aquella casa mientras imaginaba quién había vivido allí y cómo había sido su vida. Seguro que habían sido más felices que él.

Aquella noche, cuando Hugo volvió a casa, eran las nueve.

—¡Holaaaa!— gritó al entrar.

Tampoco esta vez contestó nadie. Hugo fue a la cocina y cogió otra pizza para cenar. Entonces recordó que los lunes ponían su serie favorita en la tele.

—Haré los deberes cuando acabe la serie— pensó Hugo.

Mientras Hugo veía la televisión, llegó su madre con Jaime y los gemelos.

—¡Hola, cariño! ¿Has cenado?

—Sí, sí. He cenado una pizza.

—Muy bien, cariño. ¿Y has hecho los deberes?

—Casi he acabado— mintió Hugo.

Cuando acabó de ver la tele, como ya eran las doce y media y tenía mucho sueño, Hugo se lavó los dientes, se puso el pijama y se acostó. Pensó en levantarse más temprano para hacer los deberes, pero, desgraciadamente, no se acordó de cambiar la hora en el despertador.

---

4 **un árbol** ein Baum – 7 **encontrarse bien** sich wohlfühlen – 10 **feliz** glücklich – 19 **cariño** mein Lieber; meine Liebe – 22 **mentir** lügen – 24 **tener sueño** müde sein – 27 **un despertador** ein Wecker

3 Mensaje

Cuando se levantó, Coco pensó que era martes 13, día de mala suerte, pero la mañana empezó sin problemas: fue al instituto e hizo un examen de informática que le salió bastante bien. Después tuvo clase de Física. Fue entonces cuando se vio que era martes 13: Coco tenía que decir algo importante a su amigo Jandro. Decidió escribir un mensaje y pasárselo. El papel ya había llegado a Hugo, que se sienta al lado de Jandro, cuando el profesor vio el mensaje, lo cogió y lo leyó en voz alta:

Jandro:
La semana que viene toca Ska-P en la discoteca La Iguana. Son 15 euros y ya casi no hay entradas. Mis padres me permiten ir, si no voy sola. ¿Te gustaría venir?
Coco

Fue un momento horrible por dos razones: primero, era la cuarta vez en el curso que el profesor de física pillaba a Coco escribiendo mensajes. Segundo, los compañeros de Coco pensaban que, como sus padres eran hippies, ella hacía lo que quería. Y a ella le gustaba tener aquella reputación.
Lo peor pasó en el recreo. Coco estaba con sus amigos, cuando se acercó Hugo.
—A mí también me gustaría ir al concierto— les dijo. —Si queréis, podemos comprar las entradas ahora. Yo tengo Internet en el móvil y mi madre me deja comprar cosas con su tarjeta de crédito.
—Por mí no hay problema, puedes venir con nosotros— contestó Jandro.

---

4 **salir** *hier:* ausfallen – 8 **pasar** weiterleiten – 10 **leer en voz alta** laut vorlesen – 17 **pillar** erwischen – 24 **una entrada** eine Eintrittskarte – 26 **una tarjeta de crédito** eine Kreditkarte

A Coco Hugo no le parecía nada simpático. Era nuevo en el instituto y no era como los demás, se creía superior y nunca hablaba con nadie.
Se lo dijo a Jandro, cuando Hugo se fue. Estaba enfadada.
—Jandro, yo quería ir al concierto con mis amigos, no con ese niño rico.
—¿Por qué dices eso, Coco? Ha sido muy amable.
—¡Bah! Solo quería presumir de móvil. Esta gente con dinero es toda igual…
La verdad es que Hugo le caía mal a todo el instituto, decían que era un poco raro. Solo Jandro decía que Hugo no hablaba porque era tímido.
Así que, finalmente, Coco tendrá que ir al concierto con ese antipático niño rico. ¡Martes trece!

4 Martes 13

Hugo había olvidado que era martes 13. No le había ido mal en el instituto: el examen de informática le salió muy bien, aunque no había estudiado nada. Después su compañero Jandro lo había invitado a ir a un concierto con él y sus amigos. Los chicos del instituto nunca eran muy simpáticos con él, pero las cosas empezaban a cambiar. Llegó a su casa y los gemelos le abrieron la puerta. Los niños lo saludaron alegremente. A Hugo le pareció un poco raro.
—¡Hola, Hugo! ¡Piraña y Tiburón se han muerto!
—¿Y por eso estáis tan contentos, porque se han muerto vuestros peces?— dijo Hugo.
—No estamos contentos, estamos muy tristes. Eres malo.
—¿Yo? Ya os he dicho mil veces que los peces de colores no comen sardinas en aceite.
—Era un experimento.

---

2 **creerse** *hier*: sich für etwas halten – 8 **presumir de** mit etw. angeben – 10 **caer mal a alguien** jdn nicht leiden können – 12 **tímido, -a** schüchtern – 14 **antipático, -a** unsympathisch – 22 **los gemelos** die Zwillinge – 26 **un pez** (pl. peces) ein Fisch

—¿Y qué queríais demostrar?— preguntó Hugo, sin demasiado interés.

—Queríamos demostrar que hay que comer de todo— dijo uno de los gemelos.

Hugo se paró. Después se dio la vuelta muy, muy lentamente. Vio la cara de los gemelos que se reían, y pensó que realmente algo iba muy, muy mal.

—Y… ¿qué habéis hecho con los peces?

—¡Los hemos enterrado en el jardín!

En ese momento la madre de Hugo salió del salón. Tenía los ojos un poco cerrados, como siempre que le dolía la cabeza.

—Hugo, ven conmigo— dijo mientras abría la puerta del jardín. —¿Puedes explicarme qué es esto?

Y sí, allí estaban, en un agujero y perfectamente ordenadas de arriba a abajo, las coles de Bruselas del lunes, el brócoli del sábado, las espinacas del viernes…

—¡Vas a matarme!— dijo la madre.

Hugo miraba con vergüenza. Allí estaba el agujero donde había enterrado las pruebas de que no le gustaban las verduras y, a su lado, una pequeña cruz. Hugo sabía que debajo de esa cruz Tiburón y Piraña descansaban para siempre. Todo el jardín estaba lleno de cruces pequeñitas donde todos los Tiburones y Pirañas que habían pasado por aquella casa, de dos en dos, habían acabado sus días.

—Al final, tendrás que ir al internado, como dice Jaime. ¡Qué disgusto! Quiero que vayas a tu habitación tan pronto acabemos de comer. Y nada de Internet…

—Pero, mamá,— protestó Hugo —lo necesito para hacer los deberes…

—Bueno, está bien. Pero, tan pronto los hagas, apagas el ordenador.

---

1 **demostrar** beweisen – 5 **pararse** stehen bleiben – 5 **darse la vuelta** sich umdrehen – 9 **enterrar** begraben – 11 **doler la cabeza** Kopfschmerzen haben – 15 **un agujero** ein Loch – 19 **con vergüenza** beschämt – 20 **una prueba** ein Beweis – 21 **una cruz** ein Kreuz – 26 **¡Qué disgusto!** *hier*: Du machst nur Kummer! – 31 **apagar** ausschalten

Después de comer, la madre de Hugo fue a visitar a unas amigas, así que el chico pasó toda la tarde navegando en Internet. A las siete dio un paseo hasta la vieja casa. Era tarde, pero decidió entrar otra vez. Cada vez que el chico andaba, el suelo de madera hacía ruidos, parecían los lamentos de una persona. De repente, el suelo se abrió con un enorme ruido y Hugo cayó en un agujero entre una nube de polvo. Se hizo daño. ¿Dónde estaba? Aquello era un sótano y no había luz. Hugo se levantó y empezó a andar con cuidado. Oyó el ruido de una rata que salía corriendo y tuvo miedo. —¿Cómo iba a salir de allí? Tenía que haber alguna puerta,— pensó. Empezó a buscar la salida en la oscuridad. Hugo empezó andar hasta que tocó una pared con las manos. Decidió seguirla para encontrar una puerta. Hugo tropezaba a cada paso con muebles y cajas que había allí, pero finalmente encontró la puerta. Afortunadamente pudo abrirla sin problemas. Salió y se sentó en el suelo un momento porque estaba muy nervioso y casi no podía respirar. Después volvió a su casa. Ya era de noche.

Entró en la casa y se miró las manos. Tenían heridas. Su ropa estaba llena de polvo y tenía dos agujeros en los pantalones.

De repente oyó la voz de Jaime: —¿Se puede saber dónde estabas?

El chico miró a su padrastro.

—Lo siento— dijo. —Estaba en casa de un amigo para hacer un trabajo para la clase de Historia.

—¡Historia! ¡Yo sí que estoy harto de tus historias! Llego a casa después del trabajo y siempre me encuentro con alguna de tus tonterías. Pero se acabó. Estás castigado toda la

---

2 **navegar** *hier*: surfen – 4 **andar** (zu Fuß) gehen – 5 **el suelo de madera** der Holzboden – 5 **un lamento** ein Wehklagen – 8 **Se hizo daño.** Er hat sich wehgetan. – 8 **un sótano** ein Keller – 14 **tropezar** stolpern – 18 **respirar** atmen – 20 **una herida** eine Wunde – 25 **un padrastro** ein Stiefvater – 30 **una tontería** eine Dummheit – 30 **castigado, -a** bestraft

semana y mañana empiezo a buscar un internado. El próximo curso no vivirás en esta casa. Está decidido.
Hugo vio a los gemelos que se reían en el pasillo.
—No creo que sea mucho peor que vivir aquí— pensaba Hugo.
Cuando iba a su habitación, vio en el salón los nuevos Tiburón y Piraña que ya nadaban en su pecera.
—No saben lo que les espera, ¡pobres!— pensó.

5 El concierto

El día del concierto, los chicos quedaron en la puerta del instituto.
—Al final, ¿Mario no viene?— preguntó Hugo.
—No,— contestó Álex —Está castigado.
—Bueno,— dijo Hugo —yo también estaba castigado, pero a mi madre se le olvidó. Siempre pasa lo mismo.
—¡Qué suerte!
—¿Sabes, Coco?—dijo Hugo levantándose la camiseta. —Yo también tengo un piercing. En el ombligo.
—Muy interesante— contestó Coco, irónica.
El concierto empezaba a las 10 y nuestros chicos eran los más jóvenes del público. Era la primera vez para todos que iban a un concierto.
—¡Anda! Si nos debemos de haber equivocado y aquí toca hoy el Club Disney. ¿Cuántos años tienes, niña?— dijo a Coco un hombre en la puerta.
—Los suficientes, pero me imagino que son menos que las cervezas que se debe de haber bebido usted.
—Vamos, Coco. Entra ya y deja de hablar con gente que no conoces— dijo Jandro.

---

7 **una pecera** ein Fischglas - 17 **levantarse** hochziehen - 18 **el ombligo** der (Bauch)Nabel - 23 **equivocarse** sich irren - 26 **suficiente** genügend - 27 **una cerveza** ein Bier

—Perdona, él habló conmigo. Me fastidia que me digan estas cosas. Yo no tengo la culpa de ser bajita.

Ska-P empezaron a tocar: *España va bien, El vals del obrero…* La sala estaba llena de gente y todo el mundo empezó a saltar y a cantar.
—¡No veo nada!— dijo Coco.
Hugo quiso poner a la chica sobre sus hombros, pero cayeron al suelo los dos. Los tres chicos se rieron mucho. Lo pasaron muy bien aquella noche. Cuando se acabó el concierto, salieron a la calle y siguieron cantando hasta la parada de taxis. En el taxi, Coco vio que Hugo movía los pies.
—Todavía está oyendo la música, igual que yo— pensó. Ya no le parecía tan antipático. A ningún niño rico y tonto le gustaba Ska-P, no podía ser.

6 Nuevos amigos

Hugo había quedado con Jandro y Coco para estudiar. Eran las cinco cuando llamaron a la puerta. Era Coco.
—Jandro no ha podido venir, su abuela lo ha castigado por llegar tarde a casa el día del concierto— dijo Coco. Miró el jardín de Hugo y su gran piscina —¡Qué casa tan bonita!
—¿Tu crees? A mí no me lo parece. Pero pasa, no te quedes en la puerta.
—¡Vaya!—dijo Coco mirando todo con interés—¡Qué grande y qué cosas más bonitas! Pero está todo un poco vacío, ¿no?
—Creo que ahora están de moda las casas así.
—Pues la mía está llena de cosas y de gente. Pero tenemos un jardín con verduras.
—Yo también tengo un jardín con verduras— dijo Hugo y se rió.

---

1 **fastidiar** sich ärgern – 4 **saltar** springen – 24 **vacío, -a** leer

Coco pensó que el chico era raro de verdad: se reía solo.
—Bueno, y… ¿dónde están tus padres? Supongo que no vives solo aquí.
—Casi. Jaime, mi padrastro, es abogado y está siempre trabajando. Mi madre no trabaja, pero va de compras, o a visitar a sus amigas, o a jugar al tenis… Nunca está en casa.
—¡Anda! ¿Tienes hermanos?— preguntó Coco, mirando una foto.
—Solo son mis medios hermanos— contestó Hugo. —Son unos monstruos.
— Pues parecen buenos niños… Bueno, ¿vamos a estudiar?
—¿No quieres tomar algo? ¿O jugar una partida a la play?
—¿No habíamos quedado para estudiar?— preguntó Coco, con un poco de ironía.
—Sí, sí, pero tenemos toda la tarde… ¿También podemos dar un paseo por el barrio?
—Bueno— contestó Coco.
El paseo los llevó hasta la vieja casa y Hugo le contó su aventura de la semana anterior.
—¡Qué interesante! Venga, vamos a entrar— dijo Coco.
Entraron en la casa. Hacía mucho tiempo que aquellas paredes no escuchaban las voces de dos personas.
Bajaron al sótano y empezaron a mirar lo que había: sillas rotas, algún viejo sofá, armarios que habían visto mejores años… Coco se acercó a uno de madera oscura y lo abrió. Se formó una nube de polvo.
—Mira, todavía hay cosas,— dijo mientras movía la mano delante de la cara para apartar el polvo.
—Sí, ropa comida por las polillas. Muy interesante todo. Venga, vámonos,— dijo Hugo que solo quería salir de allí.

---

2 **suponer** annehmen – 4 **un abogado** ein Rechtsanwalt – 29 **una polilla** eine Motte

—Espera, mira esa caja, parece un joyero. Déjame abrirlo.

Coco cogió la caja y la llevó bajo el agujero por el que había caído Hugo y por el que entraba ahora la luz. Le quitó el polvo con la mano y lo abrió. Allí encontraron fotografías viejas y amarillas. Ya casi no se veían las caras de la gente. Casi todas eran fotos de una niña, sola o con adultos.

—Me dan un poco de tristeza estas fotos,— dijo Coco. —Seguramente toda esta gente ha muerto ya. Mira, ¿qué es esto?— preguntó Coco sacando otra cosa de la caja —¡Son joyas!

—Bueno sí, pero son cosas de niña pequeña. Me parece que no hemos encontrado ningún tesoro. ¿Y esos papeles?

Coco los cogió y leyó el primero:

—"Querida Elena…" Parecen cartas. ¡Qué letra tan horrible! ¡Y qué faltas de ortografía!

—¡Vaya! Si estoy con la profesora de Lengua y no lo sabía… ¿Cómo puedes pensar en esas tonterías?

—Todas las cartas son para esa Elena— dijo Coco, sin contestar. —Y son cartas de amor. ¡Qué romántico! Las envía Pedro y están escritas en Lübeck… ¿Dónde estará eso?… ¿Puedo llevarlas para leerlas en casa?

—¿No eres un poco cotilla…? Vale, puedes llevarlas y ya me dirás qué cuentan.

—¡Claro! Ya veo que no soy la única cotilla que hay aquí… —dijo Coco —¡Huy que tarde es! ¡Qué rápido pasa el tiempo! Ves, al final no hemos estudiado nada.

—Un momento, ha sido tu idea entrar aquí. Yo quería estudiar— protestó Hugo.

—Claro, claro,— dijo Coco sin mucho interés —pero yo me tengo que ir ahora, si no voy a perder el autobús. ¿Me acompañas mientras lo espero?

---

1 **un joyero** ein Schmuckkästchen – 10 **una joya** ein Schmuck – 12 **un tesoro** ein Schatz – 15 **una falta de ortografía** ein Rechtschreibfehler – 22 **un, una cotilla** eine Tratschtante

Hugo la acompañó a la parada y después volvió a su casa. Como no había nadie, cenó pizza y luego estuvo chateando hasta las once. Entonces se acordó de que el martes tenía un examen de Lengua española. Tenía que aprobarlo. Ahora tenía amigos en el instituto y no quería ir a un internado. Empezó a estudiar. Pero se quedó dormido sobre su libro cuando llegaba al imperfecto del subjuntivo.

7 Un plan y un problema

Como siempre, en el recreo, los amigos se encontraron en el patio del instituto.

—¿Qué tal el examen?— preguntó Jandro.

—Prefiero no hablar de ese tema durante el recreo— contestó Hugo.

—Yo, de ese tema, prefiero no hablar ni en el recreo ni nunca— dijo Coco. —Anoche estuve leyendo las cartas y no estudié nada para el examen. No sabía ni la mitad de las preguntas…

—¿Qué cartas?— preguntó Mario.

—Las que encontramos Hugo y yo en la casa vieja del faro— contestó Coco.

—Y, al final…— preguntó Hugo, —¿eran interesantes?

—¡Muy interesantes!— contestó Coco. —Es una historia de amor prohibido. Creo que ella, Elena, vivía en la casa y que era de una familia rica. En cambio, él era muy pobre…

—Y, ¿por qué sabes eso?— preguntó Mario.

—Casi no sabía escribir. Seguro que no fue al colegio.

—No estoy de acuerdo— dijo Jandro soñador. —Yo, si fuera rico, no iría al colegio.

---

23 **prohibido, -a** verboten – 27 **soñador, -a** träumerisch

—Tienes siempre unas ideas muy originales— le dijo Coco con ironía. —Bueno, sigo con la historia. La familia de ella no quería aquella relación...

—¿De cuándo dices que son esas cartas?— preguntó Mario con ironía. —¿De la Edad Media?

—¿Puedo contar la historia o no?— preguntó Coco un poco enfadada.

—Sigue, sigue— dijeron los chicos.

—La familia no quería aquella relación, así que Pedro, como muchas otras personas en los Años del Hambre, decidió irse a Alemania para trabajar y hacerse rico...

—Mi abuela dice— dijo Jandro —que nadie se ha hecho rico trabajando.

—Pues tengo que decir— dijo Hugo —que mi padrastro gana mucho dinero, pero trabaja muchísimo. Y además, tuvo que ir al colegio, al instituto, a la universidad...

—¡Ya estoy harta!— dijo Coco enfadada de verdad. —¿Me dejáis hablar?

—Perdona. ¿Cómo acaba la historia?— preguntó Jandro.

—No lo sé— contestó Coco. —Él cuenta que encontró un trabajo después de muchos problemas: dinero para el viaje, el idioma... Y no hay nada más, las últimas cartas son de junio de 1955.

—¡Qué pena!— dijo Hugo.

—Sí, la verdad— contestó Coco. —Pero he estado pensando que podemos buscar a...

—¡A Elena!— la interrumpió Hugo. —Podemos buscarla para darle las cartas. Así sabremos el final de la historia.

—¡Qué buena idea!— dijo Jandro. —Será como en la tele o en las novelas policiacas. Y... ¿cómo podemos hacer?

—Pues, lo primero es saber quién vivía en la casa en aquellos años, ¿no? Se puede preguntar en el ayuntamiento.

—Y... ¿A qué esperamos? ¡Vamos allá!— gritó Jandro.

---

5 **la Edad Media** das Mittelalter – 11 **hacerse** werden – 27 **interrumpir** unterbrechen

—¿Quizás a que acaben las clases?— dijo Coco.
Los chicos se dieron cuenta de un problema. Las oficinas del ayuntamiento abrían de lunes a viernes y de nueve a dos, ellos tenían clase de lunes a viernes y de nueve a dos. ¿Qué podían hacer?

8 Unos niños horribles

El jueves por la mañana, durante el recreo, Coco envió un SMS a Hugo:

> Esta tarde voy a la biblioteca. Después voy a tu casa. Preparamos el examen de física y me cuentas qué ha pasado en la oficina del ayuntamiento. Bs.

Hugo le contestó con otro SMS:

> Ok. Yo estoy en la oficina ahora. ¿Han dicho algo los profesores? Bs.

Y Coco contestó con el último SMS:

> No. Todo ha funcionado bien. Todos creen que has ido al médico. Bs.

Por la tarde, Coco llegó a casa de Hugo. Coco llevaba sus libros y una caja de bombones. Le dio los bombones a la madre de Hugo, que abrió la caja, pero no los probó. Los gemelos miraban a Coco y no dejaban de reírse.

---

1 **quizás** vielleicht – 19 **un bombón** eine Praline

—Mamá,— dijo Hugo —los gemelos no son muy educados, ¿no te parece?
—Son solo unos niños, Huguito. Y seguro que a Copo no le importa.
—Coco, señora, me llamo Coco. Viene de Concepción.
—¡Qué nombre tan raro!— se rió uno de los gemelos.
—Niños, ya está bien. Ahora mamá va a salir y vosotros vais a quedaros aquí con Hugo y su amiga. Sed buenos.
La madre se puso su abrigo, dio un beso a los gemelos, se miró en el espejo y salió de la casa.
—¡Hasta luego, cariño! Cuida de tus hermanos— dijo.
—Adiós, mamá, no te preocupes— respondió Hugo.
—Bueno, niños, Coco y yo tenemos que hacer los deberes. Vosotros podéis ver la tele o jugar con la play. Y no les hagáis cosas raras a los peces. Jaime ha dicho que está harto de comprar peces todas las semanas. Yo creo que se va a enfadar mucho si los peces se mueren otra vez.
—Tu amiga— dijo uno de los gemelos —es rara. Es tan rara como tú.
—¡Qué simpático!— dijo Coco.
—Déjalos— dijo Hugo. —Vamos a estudiar.
Fueron a la habitación del chico y cerraron la puerta.
—Oye, esos niños son horribles— dijo Coco.
—Ya te lo había dicho. Viven para fastidiarme.
—Ya veo. Bueno, cuéntame lo importante. ¿Qué averiguaste?
—En el ayuntamiento me dijeron que esa información era antigua y que no la tenían en el ordenador. Me dijeron que tendría que esperar unos días.
—¡Vaya! ¡Qué fastidio!

---

1 **educado, -a** höflich – 4 **importar** *hier*: ausmachen – 10 **un espejo** ein Spiegel – 25 **averiguar** herausfinden

—Espera. Me preguntaron si la dirección era la casa grande cerca del faro. Le dije que sí y él me dijo que era la vieja casa de los De Castronarón.

—¡Genial! Y ese hombre, ¿por qué sabía eso?

—Parece que era una familia muy conocida en Vigo. Fueron muy ricos y todavía tienen una pequeña fábrica de chocolates y muchos terrenos.

—Elena de Castronarón— dijo Coco, mirando por la ventana hacia la vieja casa y el faro. —Es un nombre muy bonito. ¿Y ahora, qué tenemos que hacer?

—Estudiar física.

—¡Vaya! No pareces la misma persona que hace unos días...

—Nunca me han importado mis notas, ¿sabes? Pero ahora no quiero ir a un internado, así que tengo que mejorar.

9 En la iglesia

Al día siguiente, en el recreo, Hugo contó a sus amigos su aventura en la oficina:

—...y entonces me dijo que aquella siempre había sido la casa de los De Castronarón.

—¿Los de los chocolates? —preguntó Mario.

—¿No puedes pensar en algo que no sea comida?— preguntó Coco.

—Los chocolates Castronarón no son comida, son arte. Y a mí me interesan muchas más cosas que la comida.

—Ya se ve. No tenías ningún interés en esta historia hasta que llegamos a la palabra «chocolate».

—Dejad de discutir— pidió Hugo. —A ver, ¿qué podemos hacer para seguir buscando a Elena?

---

7 **un terreno** ein Grundstück – 17 **al día siguiente** am nächsten Tag

—Buscar su nombre en Internet— dijo Jandro.
—Ya lo intenté, pero no había nada. Es que tampoco sabemos si se llamaba Elena de Castronarón. Elena podría ser alguien que trabajaba en la casa.
—O alguien que nunca vivió allí.— dijo Coco. —Tengo una idea, ¿qué os parece si preguntamos en la iglesia del barrio? Normalmente tienen muchos papeles con información de bodas, hijos, muertes y todo eso.
—¡Buena idea!— dijeron todo.

Coco y Hugo pudieron ir a la iglesia del barrio aquella misma tarde. Era un edificio pequeño del siglo XIX. Había dos curas. Uno era un señor muy viejo, muy viejo, casi tan viejo como la iglesia. El otro cura era un hombre de unos 40 años, calvo y un poco gordo. Igual que en la oficina del ayuntamiento, el cura más joven les dijo que aquella era una información muy antigua, así que tendría que buscar en los viejos archivos de la iglesia. A los chicos les pareció que no tenía muchas ganas de ayudarlos.
—Y... ¿Por qué queréis saber si hubo una persona con ese nombre... Elena de Castronón?
Hugo iba a contestar cuando los chicos oyeron una voz a sus espaldas. Era el cura viejo el que hablaba.
—No, no. No era Elena de Castronón. La pequeña era Elena de Castronarón. Hace mucho tiempo...
—¿La conoció usted?— preguntó Coco, muy nerviosa.
—Hace tiempo, mucho tiempo— repetía. —Siempre estuvo enferma, pobre niña. Hace mucho tiempo... Sí, sí lo recuerdo. Era la niña de la casa rica, siempre estuvo enferma... Se llamaba Elena, Elena de Castronarón.
Los chicos se miraron. Estaban muy contentos, tenían ganas de saltar y gritar: ¡Genial!

---

2 **intentar** versuchen– 11 **un cura** ein Pfarrer – 13 **calvo,-a** kahlköpfig – 22 **la espalda** der Rücken

—¿Está usted seguro, don Néstor?— le preguntó el cura joven.

—¡Que sí, demonios!— dijo don Néstor, enfadado. —Tengo casi 100 años, pero ni estoy loco ni soy tonto. Vamos, chicos, venid conmigo.

Los llevó a una habitación pequeña y sin ventanas, llena de armarios y estanterías con papeles amarillos. Pasaron mucho tiempo allí porque don Néstor hacía las cosas muy despacio. No veía bien y los papeles se caían de sus manos. Los chicos estaban muy nerviosos, pero muy contentos.

—¿Veis? Aquí está,— dijo el cura con una sonrisa. —Bautismo de Elena de Castronarón, 1936. Parece que todavía no estoy tonto. Yo siempre digo que 97 años no son tantos...

Los chicos vieron que la memoria de don Néstor era... demasiado buena. Les contó muchísimas cosas, les habló de nombres, historias, fechas. Cuando Hugo y Coco se fueron, sabían mucho de la chica. Sabían que era hija única, que había estado siempre muy enferma y que por eso casi no podía salir de casa. Los chicos también sabían que Pedro era un criado de la casa, que era de una familia muy pobre y que tenía la misma edad que Elena. Don Néstor no recordaba el apellido de Pedro. Tampoco sabía que había pasado con Elena en 1955.

—No sé, no recuerdo bien— les dijo. —Creo que la enviaron a un internado en el extranjero. O quizás murió.

Sí, los chicos sabían muchas cosas nuevas. Pero, cuando acabaron de hablar con don Néstor, a los dos les salía el humo por las orejas.

---

3 **¡Demonios!** Zum Teufel! – 4 **tonto, -a** dumm – 11 **una sonrisa** ein Lächeln – 11 **el bautismo** die Taufe – 14 **la memoria** das Gedächnis – 17 **un hijo único, una hija única** ein Einzelkind – 27 **salirle a alguien el humo por la orejas** jdm raucht der Kopf

10 Amor prohibido

Al día siguiente, en el instituto, ninguno de los chicos estaba muy contento.
—¡Vaya!— dijo Jandro. —Pensaba que la historia de Elena y Pedro iba a acabar un poco mejor.
—Me da pena pensar que ella murió joven— dijo Mario.
—¿Sabes una cosa, Mario?— dijo Coco —Yo no puedo creer que Elena esté muerta.
—Deberíamos llamar por teléfono a los De Castronarón que todavía viven en Vigo— dijo Hugo. —Seguro que ellos pueden contarnos qué pasó de verdad.
—Buena idea— dijo Coco, un poco más contenta.
—¿Vienes hoy a mi casa y llamamos?— preguntó Hugo.
—Lo siento mucho, Hugo— contestó Coco. —Tendrás que llamar tú solo. Mis padres dicen que mis problemas en el instituto empezaron cuando te conocí. No quieren que ande contigo.
—¿De verdad?— dijo Hugo, muy sorprendido.
—Sí. Dicen que tú no eres una buena influencia.
—Tus padres son raros de verdad, Coco— dijo Mario.— Cuando un chico rico y una chica pobre están enamorados, a la familia rica le parece mal, como la historia de Elena y Pedro. Pero vosotros…
—¿Quiénes están enamorados?— preguntó Coco muy enfadada y con la cara roja.
—Eso— dijo Hugo, con la cara rojísima también. —¿De dónde sacas esa historia?
Mario y Jandro se miraron y se rieron, pero no dijeron nada. Hugo y Coco ni se rieron ni volvieron a mirarse en toda la mañana.

---

6 **dar pena a alguien** jdn traurig machen – 8 **muerto, -a** tot – 16 **andar** *hier*: Umgang mit jdm haben

11 Los dos hermanos

Después de comer, Hugo empezó a buscar los números de teléfono con el apellido De Castronarón. En Vigo solo había dos, además de la fábrica de chocolates. Llamó al primero. Contestó una voz de hombre.

—Buenas tardes. ¿Es usted familiar de Elena de Castronarón?— preguntó Hugo.

Hubo un largo silencio. Después el hombre preguntó:

—¿Quién es usted?— no era muy amable, aquel hombre.

—Perdone que le moleste— contestó Hugo, muy educado.

—Me llamo Hugo Filgueira y soy un vecino de la antigua casa De Castronarón y por casualidad he encontrado algunas cosas de esa persona. Me gustaría dárselas a ella o a alguno de sus familiares.

—¿Qué cosas?— preguntó aquel hombre tan antipático.

—Pues son cosas diferentes. Creo que lo más importante son unas cartas.

—En mi familia nunca hubo nadie con ese nombre. Puede usted tirar esas cartas a la basura— y colgó el teléfono.

Hugo estuvo un momento pensando. Aquello le parecía un poco raro. Decidió llamar al segundo número.

—Díagame— dijo una voz de mujer.

—Buenas tardes, perdone usted ¿podría hablar con algún familiar de Elena de Castronarón?

De nuevo hubo un silencio.

—Espere un momento.

Después de unos minutos, otro hombre cogió el teléfono.

—¿Quién es?— parecía que en aquella familia todos eran antipáticos.

Hugo volvió a contar la historia de las cartas.

---

5 **una voz** eine Stimme – 8 **un silencio** eine Stille – 10 **molestar** stören – 12 **por casualidad** zufällig – 19 **colgar** auflegen – 27 **coger el teléfono** sich melden

—Esa persona murió hace muchísimos años. Puede usted darme a mí esas cartas, le daré algo de dinero. Soy hijo de un primo de Elena. Yo y mi hermano somos los únicos De Castronarón vivos.
A Hugo las cosas le parecían más y más raras. ¿Por qué había dicho el primer De Castronarón que Elena nunca había existido? Tenía que saber que había muerto, igual que su hermano.
—Bueno— dijo Hugo, no muy seguro.— Le daré las cartas, pero no es necesario que me dé dinero.
—Y… ¿alguien más ha visto esas cartas?
Hugo no sabía por qué, pero estaba seguro de que tenía que decir esto:
—No. Nadie más.
Después colgó el teléfono.

12 Una llamada en la noche

Aquel hombre le había dado miedo y estaba muy nervioso. Quiso llamar a Coco, pero, después de lo que habían dicho Jandro y Mario, no quería. Luego recordó que habían dejado la caja con las cosas de Elena en la casa. Decidió ir a buscarla. Quizás habría todavía alguna cosa interesante allí. Tuvo que esperar una hora antes de salir, estaba tan nervioso que no podía pensar.
La casa le pareció más grande y más vacía que nunca. Todavía tenía la voz de aquel hombre en la cabeza y tenía miedo. Vio la caja donde él y Coco la habían dejado.
Nadie había estado en la casa aquellos días. Hugo empezó a sacar las cosas y a mirarlas con cuidado: las fotos, las pequeñas joyas, postales, un viejo cuaderno… Lo abrió.

---

3 **un primo** ein Cousin – 3 **único,-a** einzig – 7 **igual que** genauso wie

En la primera página estaba escrito, muchas veces y con muy mala letra, un nombre: Pedro Valcárcel Pérez. Ese era el novio de Elena, seguro. Cogió el cuaderno y lo puso en su mochila. Entonces le pareció oír algo. Escuchó con atención. Sí, ¡un coche había entrado en el jardín de la casa! Hugo salió rápidamente del sótano. La puerta principal se abrió con un ruido que parecía el grito de un animal en la noche. Hugo pudo oír que entraban dos personas. Eran dos hombres. Hablaban, aunque Hugo no podía entender lo que decían. Hugo se escondió en la primera habitación que vio. Los hombres empezaron a andar por la casa. Uno de ellos iba directamente hacia él. Hugo vio como un zapato negro y limpísimo entraba, una mano que empujaba la puerta. Hugo no podía respirar. En ese momento el otro hombre gritó:

—¡Aquí está, ven!

Habían encontrado el agujero. De repente, se oyó un gran ruido y un grito. Seguramente, aquellos hombres eran demasiado pesados para el viejo suelo de madera. Hugo salió de su escondite sin hacer ruido y fue muy despacio hacia la puerta de salida, mientras oía la voz de los hombres en el sótano. Cuando llegó a la calle, empezó a correr como nunca en su vida.

Al llegar a casa, su madre estaba con los gemelos.

—Hugo, Jaime te había dicho que no podías salir de tu habitación...— empezó a decir su madre. —Pero, ¿qué te pasa? Tienes muy mala cara, cariño.

—Nada, mamá, nada. No te preocupes. Ahora mismo voy a mi habitación.

—¡Vamos a decirle a papá que has salido a la calle!— dijo uno de los gemelos, pero Hugo ni lo miró. El pequeño parecía decepcionado.

---

3 **una mochila** ein Rücksack – 4 **con atención** aufmerksam – 7 **un grito** ein Schrei – 10 **esconderse** sich verstecken – 13 **empujar** drücken – 18 **pesado, -a** schwer – 19 **un escondite** ein Versteck – 26 **tener mala cara** schlecht aussehen

En su habitación, el chico cogió su móvil y llamó a Coco. Le contó lo que había pasado.
—Bueno, no te preocupes. No te han visto, ¿no?
—No sé, Coco. Esto es algo raro. Es algo peligroso.
—¡Bah, tonterías! Además, ahora sabemos los apellidos de Pedro y podemos buscarlo.
—Quizás tengas razón. Es que estoy muy nervioso. Mira, voy a ver si encuentro algo en Internet. Nos vemos mañana.
Hugo no encontró a ningún Pedro en Lübeck, pero sí a una chica con el apellido Valcárcel. Le envió un mensaje al Facebook. Luego cogió las cosas de Elena y las puso en una bolsa en un sitio seguro en el armario. Era su lugar secreto cuando quería esconder algo de los gemelos. Entonces sonó el teléfono y oyó la voz de Jaime.
—Dígame… ¿Quién es?… Dígame— repitió Jaime.
—¿Quién llamaba?— preguntó la madre.
—No sé. No ha contestado nadie,— dijo Jaime después de colgar el teléfono.
—Pues vaya horas para gastar bromas— dijo la madre enfadada.

Hugo no sabía por qué, pero tenía mucho miedo.

---

4 **peligroso, -a** gefährlich – 5 **¡Tonterías!** Blödsinn! – 12 **secreto, -a** geheim

13 Un accidente

Hugo estuvo nervioso desde primera hora de la mañana. Sus amigos no lo entendían.
—Y ¿no estás contento?— preguntó Jandro. —A mí me parece todo genial: sabemos el apellido de Pedro y es posible que esa chica alemana sea de su familia.
—No sé,— dijo Hugo. —Ayer tuve mucho miedo en la casa. Y esos hombres no me gustaron nada. No sé, creo que pasa algo raro.

La mañana pasó con normalidad: un profesor se quejó de que Coco hablaba durante las clases y Hugo estuvo más despistado que nunca. Seguía nervioso cuando se fue para casa. La calle estaba casi vacía. Solo venía un coche por la calle.
—Para, chaval. Queremos hablar contigo,— le dijo un hombre desde el coche.
Hugo tuvo miedo. Empezó a correr y cruzó la calle, sin ver otro coche que venía y recibió un fortísimo golpe. Los vecinos oyeron el ruido y salieron a las ventanas. Vieron un coche que se iba a gran velocidad y a un chico que estaba en el suelo. No se movía y tenía sangre en la cara y en la ropa.

Hugo estaba bastante mal. Se había roto un hombro, tenía heridas y moratones y, además, había recibido un fuerte golpe en la cabeza. Cuando se despertó y abrió los ojos vio a su madre sentada junto a su cama en el hospital.
—¡Cariño! ¿Estás bien? ¿Cómo te encuentras?
—Fatal. Me duele todo el cuerpo. ¿Qué ha pasado?
—Te ha atropellado un coche, mi vida. Jaime ha ido a la policía. Además, ... bueno, no sé si debo contarte esto... Hoy han entrado a robar en nuestra casa. ¡Qué día tan horrible!

---

10 **quejarse** sich beschweren – 11 **despistado, -a** geistesabwesend – 17 **un golpe** ein Stoß – 19 **la velocidad** die Geschwindigkeit – 20 **la sangre** das Blut – 21 **romperse** sich brechen – 22 **un moratón** ein blauer Fleck – 26 **doler** wehtun – 27 **atropellar** überfahren – 29 **entrar a robar** einbrechen

—Y, ¿qué robaron?— preguntó Hugo.
—Eso es lo más raro, nada. Rompieron una ventana y desordenaron toda la casa, pero no se llevaron nada.
El chico no sabía qué decir. Estaba seguro de que habían entrado en la casa para buscar las cartas.
—Por cierto— continuó su madre, —ha venido tu amiga Coco con otros dos chicos, pero los médicos no los dejaron entrar. Tendrán que esperar a mañana para verte.

Por la noche Hugo miró su correo en el teléfono móvil. Había recibido una noticia estupenda. Quería contársela a sus amigos, pero prefirió no llamarlos para decírselo en persona.

14 Noticias sobre Elena

La hora de las visitas empezaba a las cinco. No eran las cinco y tres minutos cuando entraron Coco, Mario y Jandro. Todos se echaron encima de Hugo.
—¡Huy! ¡Ay! No me deis esos abrazos, que me duele todo— les decía Hugo a sus amigos contento de verlos otra vez. Después les contó que el robo en su casa y, quizás, su accidente tenían relación con las cartas.
—No puede ser verdad.— dijo Coco. —Las cartas no cuentan nada, son cosas de enamorados. ¿Qué importancia pueden tener?
—Ni idea, pero aquí pasa algo,— contestó Hugo.
—¿Y piensas que no encontraron las cartas en tu casa?— preguntó Mario.
—Imposible, están en una bolsa donde nadie puede encontrarlas. Bueno, chicos, tengo una noticia bomba…
Entonces entró Jaime en la habitación con una bolsa en la mano.

---

13 **la hora de las visitas** die Besuchszeit – 21 **la importancia** die Bedeutung

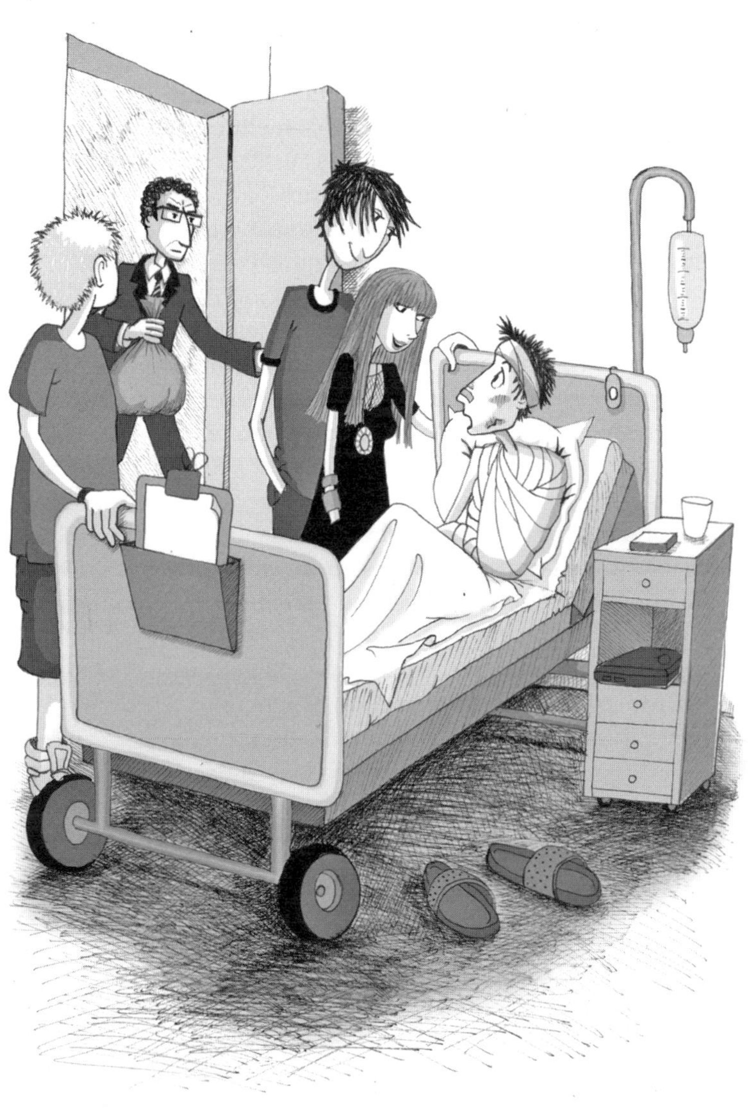

—Tengo que hablar contigo de esta bolsa— dijo mirando a los chicos.

—¿Cómo has encontrado eso?— dijo Hugo sorprendido.

—Me lo han dado los niños. Entraron en tu habitación para jugar y lo vieron.

¡Cuánto odiaba Hugo a aquellos gemelos!

—Bueno, Jaime, ¿qué quieres que te cuente?— le dijo Hugo de mal humor.

—Para empezar, dónde habéis encontrado estas cartas.

Hugo le contó la historia de Elena de Castronarón.

—Y además, tengo una información muy interesante. Iba a contarla ahora. He encontrado a la nieta de Elena y Pedro.

—¿Quéééé?— gritaron todos, incluso Jaime.

La chica de Facebook había contestado. Sí, ella conocía a Pedro y Elena, eran sus abuelos. En Alemania Pedro había encontrado un trabajo y Elena se había ido a vivir con él. Se casaron y tuvieron un hijo, que era el padre de la chica. Elena murió poco tiempo después, pero el abuelo todavía estaba vivo.

—Bueno, chicos, ahora entiendo muchas cosas,— dijo Jaime. —Creo que te estaban buscando, Hugo.

Se oyó otro "¿Quéééé?" en la habitación.

—Sí— dijo Jaime. —La fortuna de los De Castronarón tenía que pasar a Elena al morir sus padres. Pero nadie sabía dónde estaba, ni si estaba viva, por eso la fortuna pasó a otros familiares, pero el heredero es legalmente el padre de esa chica alemana.

Se hizo un silencio.

—¿Seguro?— preguntó Coco.

—Seguro, niña. Soy abogado.

—Yo creía que esa familia no era tan rica como antes.

---

6 **odiar** hassen – 12 **una nieta** eine Enkelin – 17 **casarse** heiraten – 23 **la fortuna** das Vermögen – 26 **el heredero** der Erbe

—Por eso. Tienen problemas y necesitan dinero rápidamente. Quieren vender sus terrenos para hacer un centro comercial. Y, créeme, hay mucho dinero en esto. Y quizás la familia pensaba que Elena no había muerto, o sabían que había tenido un hijo. Un chico que hacía preguntas era muy inoportuno. Y unas cartas, también.

—No veo por qué,— dijo Jandro.

—Porque no sabían que decían las cartas. Podían ser cartas que Elena enviaba a sus padres desde Alemania.

—Y cuando los llamé por teléfono— dijo Hugo, —pensaron que tenía información peligrosa para ellos y que quería pedirles dinero por las cartas.

—Seguramente,— dijo Jaime. —Pero, ¿sabes una cosa? Ellos sí que tienen ahora un problema. Dame el nombre de la chica, Hugo.

Jaime anotó la información y luego se fue. Los chicos estaban muy sorprendidos y no sabían qué decir.

—No soporto a esos gemelos— dijo Hugo de repente.—¿Por qué han tenido que entrar en mi habitación?

—Bueno, esta vez han hecho algo bueno,— dijo Jandro.

—Seguro que no era lo que querían,— contestó Hugo. —Son unos mimados, alguien debería darles una lección.

---

6 **inoportuno, -a** unpassend – 18 **soportar** ausstehen – 22 **mimado, -a** verwöhnt

15 Una lección

Hugo tuvo que pasar varios días en el hospital. Cuando volvió a casa, Jaime ya había hablado con el heredero de los De Castronarón y aquel sábado, Jaime y su mujer habían ido al aeropuerto para recibirlo. Hugo se quedó en casa y Coco fue a su casa para ayudarlo con los gemelos, pero los niños estuvieron más antipáticos que nunca. Ahora Hugo era muy importante en casa, y eso a ellos no les gustaba. Coco estaba realmente harta de aquellos dos.

—¡Escuchad! ¿No oís eso?— preguntó Coco de repente, con cara de miedo.

—¿El qué? No oímos nada— contestaron los gemelos.

—Sí, sí,— dijo Coco. —Es un barco... Es el barco fantasma. Una noche de niebla como esta...

Hugo miraba a su amiga con la boca abierta.

—¿Qué barco fantasma?— preguntaron los gemelos con mucho interés.

—¿No lo sabéis? El barco fantasma que aparece junto al faro. Pero es mejor que no os lo cuente...

—Es verdad,— dijo Hugo. —Es una historia demasiado horrible para unos niños pequeños. Después no vais a poder dormir y mamá dirá que es mi culpa.

—Si no nos la cuentas, le diremos que habéis estado fumando.

—¡Si yo no fumo!

—Déjalo, Hugo— dijo Coco. —Mirad, junto al faro aparece en las noches de niebla un barco. Dicen que el barco está lleno de fantasmas...

—Sí, sí. Son los fantasmas de los esclavos que los De Castronarón traían de África. Así se hicieron ricos. Son esqueletos con caras horribles...— dijo Hugo.

13 **un barco fantasma** ein Geisterschiff – 22 **la culpa** die Schuld – 24 **fumar** rauchen

—Una noche— siguió contando Coco, —un hombre llamado Luis vio el barco y tuvo muchísimo miedo. Empezó a correr para esconderse en su casa.

—¡Bah!— dijo uno de los niños. —Pues no me parece tan horrible…

—Ahora viene lo peor. Ese Luis contó lo que había visto, pero todos se rieron de él. Él se enfadó y decidió volver la noche siguiente al faro con una videocámara. Aquella noche los vecinos oyeron unos ruidos horribles, pero no podían ver nada con la niebla.

—Luis no fue a dormir a su casa,— contó Hugo. —Al día siguiente fueron a buscarlo, pero nadie lo vio. Eso sí, encontraron allí la videocámara. Dicen que estaba grabado un barco enorme, negro y silencioso, y después unos gritos horribles. Nunca han vuelto a ver a ese Luis.

Los gemelos miraban fijamente a su medio hermano.

—Eso es mentira,— dijo uno de los gemelos.

—Las imágenes están en Internet— dijo Hugo, —pero dicen que es peligroso mirarlas.

Coco se levantó y fue a la ventana.

—Podéis verlo vosotros mismos,— dijo. —Desde aquí se puede ver la sombra del barco detrás de la niebla.

Hubo un silencio. Finalmente, los gemelos se levantaron y fueron lentamente hacia la ventana. Antes de llegar, cambiaron de idea y empezaron a correr. Oyeron el golpe de la puerta de la habitación.

Coco y Hugo se rieron mucho, muchísimo, aquella noche.

---

13 **grabar** aufnehmen

16 Otra noche de niebla

Las vacaciones de Navidad ya estaban cerca. En aquel momento Hugo era muy popular en el Politécnico. Todos sabían la historia del heredero, al que llamaban «el alemán».

Los chicos se vieron en el patio.

—¿Qué tal las notas?— preguntó Jandro.

—No muy buenas, pero no he suspendido nada— contestó Hugo, sonriendo —Y, además, Jaime se ocupa de los papeles de la herencia y está ganando mucho dinero con su nuevo cliente. Creo que, de momento, no voy a ir a ningún internado. Este ha sido un gran año para mí: todo aprobado, una aventura, los gemelos son menos malos, nuevos amigos…

—Nuevas amigas…— dijo Coco.

—¿Por qué dices eso?

—Porque es verdad, ahora tienes muchas amigas. Todas las chicas del instituto dicen que eres muy guapo. Antes decían que eras muy raro.

—Tú también lo decías.

—Y lo sigo diciendo.

—Perdona, pero tú eres todavía más rara que yo— dijo Hugo.— Por cierto, la nieta de Elena me escribe casi todos los días.

—¿De verdad?— preguntó Coco.

—Pues sí. Me ha contado cosas muy interesantes: Pedro, su abuelo, era de una familia pobrísima…

—No me parece tan interesante. Eso ya lo sabíamos…

—Déjame acabar, Coco— la interrumpió Hugo. —Su madre trabajaba en la casa de los Castronarón y murió muy joven, así que él también siempre trabajó en la casa y nunca fue a la escuela. Tenía la misma edad que Elena, que estaba enferma y no podía salir. Por eso pasaban mucho tiempo juntos. Ella le enseñó a leer y escribir.

---

3 **popular** beliebt – 8 **suspender** durchfallen – 12 **aprobar** bestehen – 17 **guapo, -a** hübsch

—Pues sí,— dijo Jandro. —Es una bonita historia. Por cierto, yo también tengo una historia interesante…

—¿Cual?— preguntó Hugo.

—Pues en una cosa que me contaron unos compañeros esta mañana. Hay varias personas en clase que han visto un barco fantasma. Es una historia que da miedo.

Coco y Hugo se miraron.

—Las noches de niebla— continuó Jandro, —se puede ver un barco cerca de la antigua casa de los De Castronarón.

Coco y Hugo volvieron a mirarse y se empezaron a reír.

—Reíros, reíros, pero todos conocen la historia.

—No puede ser— dijo Hugo, sin dejar de reír.

—Pues un hombre que había grabado el barco con una videocámara desapareció… Hay un chico en clase que conoció al hombre. Se llamaba Luis y trabajaba con su padre en El corte Inglés en la sección de bolsos.

Coco y Hugo no podían dejar de reír.

—Ya está bien— dijo Jandro, enfadado. —Las imágenes de la videocámara están en Internet, pero dicen que es peligroso mirarlas. ¿Por qué no me creéis?

—Porque nunca ha habido barcos cerca de ese faro. ¿Sabes de dónde sale esa historia?

—Déjalo, Coco— dijo Hugo riéndose. —Se lo contaremos otro día. Bueno, ¿sabéis quién toca esta noche en el parque de Castrelos? ¡Ska-P! Y es gratis.

—Mario y yo no podemos ir— dijo Jandro. —Ya hemos quedado para hacer otra cosa.

—¿Sí? ¿Cuándo?— preguntó Mario sorprendido.

Jandro le dio un golpe con el codo.

—Vamos a esperar al barco fantasma en la playa. ¿No recuerdas?

—Mario no recordaba nada, pero al final solo quedaron Coco y Hugo para ir al concierto.

---

16 **una sección** eine Abteilung – 29 **un codo** ein Ellenbogen

Eran las nueve cuando Hugo llegó, un poco nervioso. Vio que Coco ya estaba allí.

—¡Hola! ¡Cuánta niebla, verdad!

—¡Hola! Pues, sí… lo típico— contestó Coco.

Coco también parecía nerviosa. Los dos chicos se miraron y luego miraron al suelo. Luego los dos miraron hacia la vieja casa del faro. No podían verla muy bien por la niebla.

—¡Cuántas cosas han pasado en estos meses!— dijo Hugo.

—Sí,— contestó Coco. Después de un momento dijo —Oye, pensarás que estoy loca, pero me parece que estoy viendo un barco junto a la casa.

—Es verdad, a mí también me lo parece. ¡Esto sí que es raro!

Los dos chicos se miraron y sonrieron. Miraron al suelo otra vez.

1 Coco

1. Marca si las siguientes afirmaciones sobre el texto son verdaderas (V) o falsas (F).

	V	F
a) Coco estudia fotografía.		
b) A sus padres no les gusta la tecnología.		
c) Todos sus compañeros tienen Internet.		
d) En España es normal tener 5 hermanos.		
e) Coco es gótica y vegetariana.		
f) Los compañeros de Coco saben mucho alemán.		

2. Explica por qué Coco pasa el recreo en la biblioteca.

2 Hugo

Marca cuáles de estas cosas hace Hugo por la tarde.

1. Hacer los deberes ☐
2. Cocinar ☐
3. Salir a pasear ☐
4. Leer ☐
5. Hacer unas fotos ☐
6. Ver la tele ☐

3 Mensaje

Explica qué piensan estas personas sobre Hugo.

Coco: ______________________________

Jandro: ______________________________

Los compañeros de clase: ______________________________

4 Martes 13

Explica por qué sabe la madre de Hugo que no ha comido al almuerzo lo que ella le había preparado.

____

____

____

5 El concierto

Escribe de qué personaje(s) se trata.

Lleva piercing.	____________	Está castigado.	____________
No pudo salir.	____________	No es muy alto.	____________
Es fan de Ska-P.	____________	Se cae al suelo.	____________

6 Nuevos amigos

Marca si las siguientes afirmaciones sobre el texto son verdaderas (V) o falsas (F).

	V	F
1. Jandro va a casa de Hugo.		
2. Coco llega a las cinco.		
3. Coco no tiene piscina ni jardín.		
4. La madre de Hugo casi no sale.		
5. Hugo se lleva mal con los gemelos.		
6. Coco tenía miedo de entrar en la casa vieja.		
7. Se llevan las fotos, las joyas y las cartas.		

7 Un plan y un problema

1. Contesta las siguientes preguntas.

a) ¿Por qué dice Coco que es una historia de amor prohibido?

b) ¿Por qué pregunta Mario si las cartas son de la Edad Media?

2. Pedro, como muchos españoles, tuvo que emigrar a otro país. Busca en Internet la siguiente información sobre la historia de España entre 1936 y 1955.

a) ¿Qué hecho(s) histórico(s) marcaron la historia de estos años?

____

____

b) ¿Qué sistema político había en España?

____

____

c) ¿Qué son «los Años del Hambre»?

____

____

____

____

____

____

8 Unos niños horribles

Elige la opción correcta.

1. Para ir al Ayuntamiento, Hugo…
   a) tiene que esperar al sábado.
   b) miente en el instituto.
   c) no va, habla con ellos por teléfono.

2. A Coco los gemelos…
   a) le parecieron simpáticos.
   b) le parecieron unos niños pequeños.
   c) le parecieron antipáticos.

3. Para conseguir la información…
   a) Hugo tuvo que esperar unos días.
   b) la buscó en Internet.
   c) Hugo habló con un desconocido.

9 En la iglesia

Contesta las siguientes preguntas.

1. ¿Qué crees que piensa el cura joven sobre don Néstor?

   ____

   ____

2. ¿Qué piensa don Néstor sobre sí mismo?

   ____

   ____

3. ¿Qué nueva información tienen los chicos?

   ____

   ____

10 Amor prohibido

1. Explica el título del capítulo.

____

____

2. Más de 50 años separan las vidas de Coco y Elena.

a) Explica cómo era la vida de Elena y cómo es la de Coco, una chica de hoy en día.

b) ¿Cómo es en tu país? Pregunta a alguien de la generación de Elena, por ejemplo a tus abuelos, cómo fue su infancia (Kindheit) y juventud.

c) Compara la información del ejercicio 2b) con tu vida.

11 Los dos hermanos

Ordena estas cosas como aparecen en la historia.

☐	Preguntan quién ha visto las cartas.
☐	Una mujer coge el teléfono.
☐	Dicen que Elena nunca ha existido.
☐	Hugo dice una mentira.
☐	Ofrecen dinero a Hugo.
☐	Dicen que Elena ha muerto.
☐	Explican que Elena tiene dos familiares vivos.

12 Una llamada en la noche

Marca si las siguientes afirmaciones sobre el texto son verdaderas (V) o falsas (F).

1. Hugo llamó a Coco antes de ir a la casa.
2. Alguien había estado en la casa cerca del faro.
3. Hugo consiguió una información importante.
4. Un hombre vio a Hugo en la cocina.
5. Los hombres se cayeron al sótano.
6. Hugo tiene sitios que no conocen los gemelos.

13 Un accidente

Explica por qué cree Hugo que el accidente y las cartas están relacionados con las cartas de Elena.

14 Noticias sobre Elena

Ordena estas cosas como aparecen en la historia.

- [ ] Jaime llega al hospital con las cartas.
- [ ] Hugo quiere darle una lección a los gemelos.
- [ ] Los amigos visitan a Hugo en el hospital.
- [ ] Hugo les da a sus amigos una noticia bomba.
- [ ] Jaime va a buscar al heredero de los De Castronarón.

15 Una lección

Explica qué hace Coco para dar una lección a los gemelos.

16 Otra noche de niebla

1. Marca si las siguientes afirmaciones sobre el texto son verdaderas (V) o falsas (F).

	V	F
a) Las notas de Hugo son excelentes.		
b) Hugo le envía e-mails a la chica alemana.		
c) La historia del barco es muy antigua.		
d) Jandro cree que la historia del barco es verdadera		
e) Mario y Jandro no han quedado de verdad.		
f) Hugo y Coco se encuentran en el faro.		
g) Hugo y Coco están enamorados.		

2. Explica por qué Hugo y Coco se ríen cuando Mario cuenta la historia del barco fantasma.

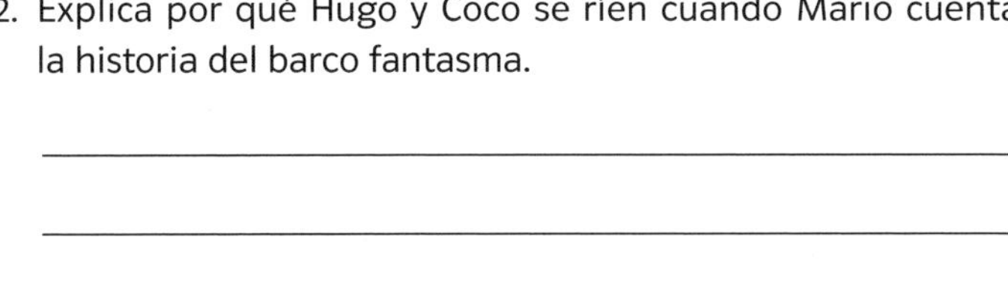

Lecturas españolas

Felisa Tomé Ortega

Nueve cartas para Lisa

Die Geschichte beschreibt mit viel Humor und ein wenig Sarkasmus den Alltag eines spanischen Jugendlichen mit seinen Wünschen und Ängsten innerhalb der Familie, in seinem Freundeskreis und in seiner Schule.

Lektüre, 32 Seiten | 978-3-12-538019-6

María Wagner Civera

Noticias de un hacker

Als absoluter Computerfreak stößt Diego bei seinen Mitschülern auf wenig Sympathie: Seine Welt ist (nur) das Internet. Er glaubt, dort einen guten Freund gefunden zu haben, Devil, einen berühmten Hacker. Eines Tages kommt es zu einer Begegnung mit Devil, bei dem nichts so läuft, wie es sich Diego vorgestellt hatte. Ein Treffen mit ungeahnten Folgen …

Lektüre, 32 Seiten | 978-3-12-535920-8

Blättern im Buch!

Lektüren online anschauen unter www.klett.de